AF315483

LE MARIAGE

DE LA RAISON

AVEC L'ESPRIT,

COMÉDIE

EN VERS, EN UN ACTE.

Par M. DU JARDIN.

Le prix est de vingt-quatre sols.

A PARIS;

Chez PRAULT le jeune, Quay des Augustins,
à la Lyre d'or.

M. DCC. LIV.

AVEC APPROBATION ET PERMISSION.

LE MARIAGE DE LA RAISON AVEC L'ESPRIT;

COMÉDIE.

ACTEURS.

LE TEMPS, pere de la Raison.
LE GÉNIE, pere de l'Esprit.
LA RAISON.

L'ESPRIT,
LE MÉRITE,
LE GOUST,   } *Tous trois Amans de la Raison.*

LA NOUVEAUTÉ,
LA LÉGERETÉ,
L'INCONSTANCE,   } *Trois Graces à la mode.*

LE MENSONGE,
LA MÉMOIRE,
L'ART,
LE RIDICULE,   } *Formant la suite de l'Esprit.*

LA FORTUNE,
L'AMOUR,

Suite de l'Amour,
Suite de la Fortune,   } *Formant un Ballet.*
Un Chanteur, une Chanteuse.

La Scene est à Paris.

LE MARIAGE
DE LA RAISON
AVEC L'ESPRIT,
COMÉDIE.

SCENE PREMIERE.

LE TEMPS, LE GÉNIE.

LE TEMPS.

EL est, ami, l'arrêt des Desti-
nées,
Le Temps cherche par tout, depuis bien des années,
L'Ouvrage le plus pur qui fortit de fes mains.
Lorfque le Ciel fit naître les Humains,
Ma fille, la Raifon, vint habiter la Terre;
Elle ne fuivit point mon confeil falutaire :
Ton féjour eft aux Cieux, lui dis-je, & les Mortels
Bientôt abandonneront tes Autels.

A iij

Tu vas remplir une carriére,
Où l'on méprisera les traits de ta lumiére.
Ma fille cependant leur montra son amour,
En préférant la Terre au célefte Séjour.
Et toi , mon cher Génie,
Dans quel Pays vas-tu refter ?
Sous quel climat eft ta Patrie ?
Heureux celui que tu vas habiter !

LE GÉNIE.

Où la Raifon fait fentir fon-abfence,
Je ne puis demeurer :
Je vais me préparer
A partir pour des lieux jaloux de ma préfence.
Chez les François j'ai fait un long féjour ;
Au temps d'Arnaud, de Pafcal, de Corneille,
J'étois à la Ville, à la Cour ,
Et l'Homme à mes leçons alors prêtoit l'oreille ;
Il eft vrai que mon nom eft toujours révéré :
Mais les chofes font bien changées !
Mes paroles font négligées.
Mon fils l'Efprit eft par tout adoré ;
Par tout on veut, & le voir & l'entendre,
On le reçoit avec un fouris tendre,
Le Sexe le recherche , il orne la Beauté,
Et d'en être chéri, le volage eft flatté :
Ses amis font en petit nombre,

L'Art & la Mémoire son ombre ,
Souvent accompagnent ses pas ;
Et tel croit voir l'Esprit, qui ne le connoît pas.

LE TEMPS.

Pourquoi, ma fille, es-tu perduë ?
Que je serois charmé, si t'offrant à ma vûë,
Je revoyois en toi ce que j'aime le plus !
Nous n'eussions fait qu'une famille.
(*En regardant le Génie.*)
A ton fils en secret je destinois ma fille :
Mais tous mes soins sont superflus.

SCENE II.

LA RAISON, LE TEMPS, LE GÉNIE.

LA RAISON *paroissant char-*
mée, & le Temps
surpris.

ENFIN je retrouve mon pére ;
Que votre personne m'est chere !
Que mon sort est heureux de me voir dans vos bras !

LE TEMPS.

D'où venez-vous, ma fille, où portez-vous vos pas ?
Faut-il guider la Raison même ?
Quitterez-vous encor un pére qui vous aime ?

La Raison.

Je ne vous quitte plus. J'ai traverſé les Mers,
Du Nord juſqu'au Midi, du Couchant à l'Aurore,
J'ai porté mon flambeau chez cent Peuples divers,
Et le germe du Vrai que je faiſois éclore,
  Ne ſembloit point éclairer l'Univers.
Chez les Sauvages ſeuls, la Raiſon adorée,
A retrouvé les temps de Saturne & de Rhée :
  Mais mon penchant me guidant vers ces lieux,
   Mon front parut audacieux
A la Ville, à la Cour, je me vis repouſſée,
Et cent fois de Paris, où je baiſſe les yeux,
  Les Petits-Maîtres m'ont chaſſée,

Le Temps.

  En vain pour fixer leurs deſirs,
La Raiſon aux Mortels veut opoſer ſes armes,
  Elle ne fait aimer ſes charmes,
  Qu'en faiſant naître les plaiſirs.

La Raison, *en regardant le*
Génie.

  Quel eſt ce Vieillard vénérable ?
  Quel feu divin éclate dans ſes yeux !

Le Temps.

Le Génie eſt ſon nom, il a quitté les Cieux
  Pour venir voir un fils aimable.

LE GÉNIE, *en parlant à la*
Raison.

Mon fils s'eſtimeroit heureux,
Belle Raiſon, de vous connoître.
Il ne fut jamais dangereux
De prendre la Raiſon pour maître.
Il trouveroit en vous un modeſte maintien,
Des traits majeſtueux, un ſublime entretien ;
Il ſentiroit le ſuprême avantage
D'offrir à la Raiſon ſon cœur & ſon hommage.

LA RAISON.

Que mon cœur eſt flatté
De mériter l'éloge du Génie !
Il hait la flaterie,
Et ne ſe ſert jamais d'un crayon emprunté ;
Mais l'Eſprit trompera, Seigneur, votre eſpérance ;
Le Ciel entre nos goûts mit trop de différence ;
Il eſt préſomptueux, impatient, léger,
Vif, ſuperficiel, pétillant & volage,
Inconſtant, ſéducteur, brillant dans ſon langage ;
Il n'eſt point fait pour s'engager.
Pour moi, conſtante & modérée,
Cherchant du Vrai le charme & la douceur ;
Mon ame n'eſt point enyvrée
D'un éclat vif, paſſager & trompeur ;
J'aime les biens dont la durée

Peut contenter le cœur.

Le Génie.

La Légereté, l'Inconſtance,
Juſqu'ici de mon fils ont flatté les deſirs,
La Nouveauté ſur-tout obtint la préférence;
En variant ſon Goût, ainſi que ſes Plaiſirs;
   Mais bien ſouvent le ſoir voit diſparoître
     L'éclat que l'Aurore a vû naître :
     Leur regne n'eſt que d'un inſtant;
   Et vos attraits ſont l'ouvrage du Temps.

SCENE III.

L'ESPRIT, LA LÉGERETÉ, LA NOUVEAUTÉ, L'INCONSTANCE,

L'Esprit, *entrant en Petit-Maître.*

Inconſtance adorable,
Charmante Nouveauté,
Et vous jeune Légereté,
Sans vos Graces, l'Eſprit ne ſauroit être aimable;
Par un attachement durable,
Faites ma gloire & ma félicité.

La Nouveauté.

Et pour vos intérêts, guidez notre folie

A l'Esprit, le Goût qui nous lie ;
Sans de la jalousie éprouver les rigueurs,
Annonce que pour lui le Ciel a fait nos cœurs.

L'INCONSTANCE.

Ah ! vous allez bien-tôt oublier l'Inconstance ;
        Avec le Temps, d'intelligence,
Vous cherchez la Raison. On m'a dit, qu'autrefois
        Tout obéissoit à sa voix ;
        Son œil brillant lance un regard modeste ;
Et l'on peut craindre encor la Beauté qui lui reste :
        Mais ses avis sont méprisés ;
        Qui la suit n'est plus à la mode.
        Un grand Mérite est incommode.
        Ses charmes doivent être usés.
Adieu, pour vous fixer, mainte Beauté, comme elle,
        Perdit ses talens & son zéle.

SCENE IV.

L'ESPRIT, LA RAISON, LE GÉNIE,

*LE GÉNIE & la Raison en-
trent ensemble.*

REcevrez-vous ici l'hommage de mon fils ?
De vos Beautés, Madame, il connoît tout le prix.

L'E s p r i t *paroissant amou-*
reux.

Quel destin vous conduit aux climats où nous som-
mes,
Et quel motif vous fit quitter les Cieux ?
Quel Dieu vous rend sensible à l'intérêt des Hom-
mes,
Pour venir embellir ces lieux ?

L a R a i s o n.

Les Dieux, pour ajoûter à la simple Nature,
Me chargerent du soin d'éclairer les Mortels :
Mais souvent ils m'ont fait l'injure
D'être sourds à ma voix, de quitter mes Autels.
Je n'ai pour eux qu'un vieux langage,
Et mes conseils, chez eux, ne font plus en usage.
Vous, Seigneur, qui vous fait habiter ce séjour ?
Sont-ce les Graces ou l'Amour ?

L'E s p r i t.

Par Goût, à Paris je demeure ;
J'y vois les Graces à toute heure ;
Qui des Plaisirs fixant le cours,
Folâtrent avec les Amours.
Du brillant devenu capable,
Le François me cherche & me suit ;
Et vous savez que le cœur nous conduit
Par tout où l'on nous trouve aimable,

L'Inconftance, la Nouveauté,
Et leur Sœur la Légereté,
Trois Graces pour l'Efprit, Compagnie ordinaire,
Faifoient tous mes plaifirs : mais, au fond de mon
    cœur,
        Un Eftre au-deffus du vulgaire
        A fçu lancer un trait vainqueur.
        Jadis, éloigné de vos charmes,
        De vos attraits j'ignorois tout le prix ;
        Que la Raifon a de puiffantes armes !
Elle commande aux cœurs en gagnant les Efprits,
        Je fais que le Goût, le Mérite,
        A la Raifon offrent leurs vœux,
A choifir l'un de nous, fi l'Amour vous invite
        Couronnez le plus amoureux ;
        Les Graces qui font à ma fuite,
        Sans elles me verront heureux.
Belle Raifon, cédez à l'ardeur qui me preffe ;
        L'Efprit ne peut vivre fans vous,
        Heureux fi, tombant fous vos coups,
        Il vous infpiroit fa tendreffe.
        LA RAISON.
        Je fuis fenfible à votre ardeur :
        Mais je n'aime point ce délire
        Qui, fur nos fens, prenant un fier empire
Sans le juftifier, fait parler notre cœur,

Le Mérite & le Goût m'ont offert leur hommage ;
Et je leur ai dit, qu'en ce jour,
Celui qui sauroit mieux me peindre son Amour,
Dans mon cœur auroit l'avantage :
A ce projet, comme eux, vous pouvez consentir.
Des feux bien-exprimés se font toujours sentir.

L' E S P R I T *paroît réfléchir un*
instant.

Je reçois le parti que l'Amour me propose,
Je respecte mes deux Rivaux,
Nous combattons pour une cause
Qui semble aux Dieux nous rendre égaux.
Tout l'Univers reconnoît votre empire,
Heureux l'Amant qui l'emporte en ce jour !
Et la Raison, sur tout ce qui respire,
Étend le pouvoir de l'Amour.

S C E N E V.

LE GÉNIE, LA RAISON, LE TEMPS;

L A R A I S O N.

L'Esprit vient d'accepter d'entrer dans la carriére
Où mes Amans vont concourir,
L'Amour lui-même va l'ouvrir,
Et de sa brillante lumiére,

Des Concurrens éclairant le Vainqueur,
Pour prix va lui donner mon cœur.
J'ai vû l'Esprit flatté de disputer la Gloire,
Sur de nobles Rivaux d'emporter la victoire :
Mais pour fixer les droits de leur rivalité,
Donnez-moi des conseils que la Raison implore.
Du Génie & du Temps le jugement ignore
La partialité.

LE TEMPS.

Qui mieux que toi fait tenir la balance ?
Mais je vois quelqu'un qui s'avance.

LE GÉNIE.

La suite de mon fils se montre à votre aspect,
Et sans doute elle vient vous offrir son respect.

SCENE VI.

LA RAISON, LE GÉNIE, LE TEMPS,
L'ART, LE MENSONGE, LE RIDICULE,
LA MÉMOIRE.

L'ART.

MAdame, nous savons à quel point notre Maître
Vous considere & vous chérit,
Nous desirions de vous connoître,
Et vous voyez la suite de l'Esprit.

LA RAISON *fait un figne de*
main , & l'Art
continue de par-
ler.

L'Art eft mon nom, il n'a rien que d'honnête,
Du Menfonge , mon frére , il en eft autrement,
On nous voit bien différemment ;
On le détefte , & l'on me fête ,
Au fond nous différons de nom ,
Et l'on trouve chez nous même inclination.
L'Homme par moi prenant un nouvel Eftre ,
Peut ne pas fe faire connoître ;
Foúrbe au-dedans , il eft fage au-dehors ,
L'Illufion employant mes refforts ,
Je rajeunis la Vieille décrépite ,
D'un zéle faux je pare l'Hipocrite ,
Les jeunes & les vieux , les Bergers & les Rois ;
Tout aujourd'hui connoît mes Loix ,
Je fuis né pour tromper ; enfant de l'Impofture ,
Je cherche le moyen , d'imiter la Nature ,
Mais fi l'on me connoît , mes foins font fuperflus ,
Quand je parois , je ne fuis plus.

LA RAISON.

Peut-on fçavoir quel miniftére
A l'Efprit vous rend néceffaire ?

L'ART.

L'ART.

Je suis Confident de l'Esprit ;
Et bien souvent il s'applaudit,
Pour obtenir maint avantage,
D'avoir mis mes soins en usage.

LA RAISON.

Et votre frere est-il ici ?

L'ART *en montrant le Men-*
songe.

Madame, le voici.

LE MENSONGE *d'un air mé-*
chant.

Le Mensonge est mon nom, la Fraude me fit naître ;
L'Art mon frere me suit, & parmi les mortels,
Voulant m'insinuer, jusqu'aux pieds des Autels ;
Je crus devoir prendre l'Esprit pour Maître.
Quand la Justice, en rémontant aux Cieux
Vint annoncer, au Souverain des Dieux
Le traitement des enfans de la terre,
Alors le Maître du tonnerre,
Pour remplir ses vastes desseins,
Me députa vers les humains.
Ministre d'un ordre suprême,
Mon nom bientôt accredité,
Intéressa la Vertu même
Sous les traits de la Vérité :
Quoique paré de ce noble avantage,

B

L'Humilité fut mon partage ;
Pour concilier les Sujets,
Je flattai l'oreille des Rois.
On vit naître de moi, la Haine, l'Injustice,
La Trahison & les Horreurs,
La Crainte & les Fureurs,
Tous aimables enfans du Vice,
Dont mon appas séduit les cœurs,
Et que l'Art mon complice,
Sait embellir par ses couleurs.
J'aime à voir répandre des larmes ;
Et pour moi le trouble a des charmes.
Mon nom est reveré des Peuples du Midi,
Chez les François mon pouvoir affermi,
Chasse la Vérité, que chacun abandonne :
On me bâtit un Temple aux bords de la Garonne.

LA RAISON.

Grands Dieux, quel caractére affreux !
De quel service dangereux,
Etes-vous à l'Esprit ?

LE MENSONGE, *en regardant*
l'Art.

De l'Art il fait usage,
Peut-on douter de mon utilité ?
L'Esprit souvent emprunte mon langage ;
Pour combattre la Vérité.

COMÉDIE.

LA RAISON.

L'Efprit doit méprifer les armes,
Que le Menfonge lui fournit,
Vous faites naître trop d'alarmes,
Et de fes yeux la Raifon vous bannit.
(Le Menfonge s'en va baiffant la tête.)
Et vous ?
(En regardant le Ridicule.)

LE RIDICULE.

Je fuis le Ridicule,
Tantôt tranquille, & tantôt agité,
Quand on avance je recule,
Mon air eft toujours emprunté.
J'enfle d'un fot orgueil, la petite Colette,
Que le hazard a fait riche, fiere & Coquette.
Je fais du Magiftrat un Docteur non favant,
Dont l'avis eft toujours, celui du Préfident.
D'un fot je fais un fat, d'un fat un petit Maître,
Efpéce plaifante à connoître,
Dont la manie eft de parler
Toujours avant que de penfer.
Celui-ci, fans favoir, fe pique de fcience,
Celui-là favant dur, infulte à l'ignorance.
Le Financier, le Commerçant,
Par moi de la roture, ont perdu la mémoire,
De la Nobleffe, ils ont appris l'hiftoire,

Bien secourus de leur argent.

Cloris à cinquante ans, veut être aimable encore;

Damon, Zephir usé, badine autour de Flore,

Le Rimailleur croit faire de bons vers,

L'Abbé galant, par moi, prend un travers;

Il n'aime que les Grands, ou du moins l'opulence.

Le Peuple ignore ma puissance;

Et parmi mes Adorateurs,

Sont Humeur, Orgueil, Indolence;

Bizarrerie, Impertinence,

Pédans, Faquins, Fats, Sots, Etourdis & Menteurs.

LA RAISON.

Et votre emploi?

LE RIDICULE.

Je suis fort utile à mon Maître,

Quand je parois, je le fais mieux connoître.

LA RAISON *s'adressant à*
la Mémoire.

Vous, Madame, peut-on savoir,

Sous quel nom vous me venez voir?

LA MEMOIRE.

Madame, je suis la Mémoire,

Sans mon secours, que deviendroit l'Histoire?

C'est moi qui retrace aux Guerriers,

Les noms Fameux, des Hectors, des Achilles,

Des Coriolans, des Emiles,

Et je montre leurs fronts couronnés de Lauriers.
Je rappelle Numa, Vespasien, Aurele,
Aux Princes pour la gloire, aux bons cœurs pour
    modéle.
Hélene & Cléopatre, ont dans l'antiquité,
    Fixé le prix de la beauté,
Au milieu des attraits, qui séduisent nos ames;
    Les présentant aux Femmes,
    J'interesse leur vanité.
    On voit les Arts par moi revivre;
    Pour le Savant, je suis un vaste Livre,
    Où son esprit se trouvant combattu.
Trouve le Vice écrit, ainsi que la Vertu.
    Jadis Apollon & Mercure,
Voulant vendre aux mortels, les dons de la nature;
Laisserent là l'Olympe, & l'un d'eux entreprit,
De vendre la Mémoire, & l'autre de l'Esprit.
Mercure eut des Marchands, Apollon n'en eut guére,
Croire avoir de l'Esprit, c'est manie ordinaire.
    Chez les humains, mes dons sont précieux
Et pour percer les tems, on emprunte mes yeux.
    Enfin, Je suis essentielle,
    A votre amant que j'embellis,
    Et les Lauriers, que pour lui j'ai cueillis
    Me font encor, plus brillante & plus belle;
    De mes bienfaits, il s'applaudit,

LE MARIAGE DE LA RAISON

Je fuis fi bien avec l'Efprit,
Que quelquefois loin du Maître que j'aime,
On m'a prife pour l'Efprit même.

LA RAISON.

Mais quelle eft votre fonction ?

LA MEMOIRE.

De tous les temps, mon inclination
Pour l'Efprit s'eft manifeftée
Et par mes foins, fa maifon eft montée.

LA RAISON.

Allez, je vous eftime tous,
On a fouvent befoin de vous.

(En fe tournant vers le Génie & le Temps.)

Je l'avourai, ces quatre perfonnages,
Sont bien utiles à l'Efprit,
Chacun d'eux a fes avantages,
Mais je ne vois qu'avec dépit,
L'Impofture à fa fuite, & je ne faurois croire,
Que l'Efprit préferât, le Menfonge à fa gloire.

SCENE VII.

LE TEMPS, LE GÉNIE, LA RAISON, L'ESPRIT, LE MÉRITE, LE GOUST.

LE GOUST.

Madame, on nous a dit,
Que l'Esprit aspiroit au bonheur de vous plaire ;
Nous savons en amour jusqu'où va son crédit,
Il n'est point à vos yeux un amant ordinaire,
(*Le Mérite & le Goût présentent à la Raison leur hommage par écrit.*)
Et quoique ses Rivaux, le Mérite & le Goût,
De voir briller l'Esprit, ne seront point jaloux.
Chacun de nous, vous présente un hommage,
De l'Amour même il est l'ouvrage,
Votre choix doit faire un heureux,
Sera-t-il le plus amoureux ?

L'ESPRIT *Présente aussi son compliment par écrit, en prononçant ce qui est ci-dessous.*

J'ai négligé les dons, qui firent mon partage,
On choisit en amour le plus simple langage,

L'Efprit, de la Raifon, n'éblouit point les yeux,
Je lui donne mon cœur, c'eft ce qu'on offre aux
 Dieux.
(*La Raifon falue fes trois amans, donne un des billets
au Temps, l'autre au Génie & garde le troifiéme.*)
   LE TEMPS *lit tout haut : Hom-*
       mage du Mérite.
  Vous dont le noble caractére,
Eft de ne rien tenir d'une fource étrangére,
  Qui poffedez par des traits enchanteurs,
  L'art précieux, d'intéreffer les cœurs,
Qui reçûtes du Ciel, tous les dons en partage,
 Vous dont le Temps, augmente la beauté,
  Donnez à mon tendre langage,
  Un prix que j'ai bien mérité,
  Si l'on doit confacrer l'hommage,
  Que préfente la Vérité.
   LE GE'NIE *lit tout haut : Hom-*
      mage du Goût.
 Vous que de l'Art, la brillante impofture,
  Embellit moins que la Nature,
  Vous qui joignez à la beauté,
  Par un maintien modefte & fage,
  La grace & la fimplicité,
De l'Amour par vos yeux, j'ai fait l'apprentiffage,
  J'aimois jadis la Nouveauté,

Mais la Raifon , emporte l'avantage;
Mon cœur aujourd'hui n'eft flatté ,
Que de vous aimer fans partage.
Heureux , pour vous , qui dreffe des Autels;
Les Dieux , en formant leur image ,
Ont répandu fur leur ouvrage
Des charmes immortels.

LA RAISON *lit tout haut*: *Hom-*
mage de l'Efprit.

Tel eft le fort brillant que l'Amour vous aprête;
Tous les cœurs font votre conquête,
Le mien dans ce nombre eft compris:
Mais fi le plus foumis ,
Le plus fincére & le plus tendre,
Avoit l'art de fe faire entendre,
Les Dieux environnés de gloire & de grandeur
Seroient jaloux de mon bonheur.
(*Après avoir un inftant réfléchi.*)
Hé bien , chers Confidens des fecrets de mon ame,
Lequel des trois a mieux dépeint fa flame?

LE GÉNIE.

Tous les trois m'ont intéreffé ;
Préferer l'un , c'eft faire injure à l'autre;
Pour prouver leur amour ils en ont dit affez :
Mon fentiment fera le vôtre.

LE TEMPS.

Chacun d'eux vient en ce moment
T'offrir un encens légitime,
Le noble feu qui les anime
Ne préſente à ton cœur qu'un tendre & digne
Amant.

LA RAISON.

La Raiſon ne fut jamais feindre ;
Enfin mon cœur ne peut plus ſe contraindre ;
Le Mérite & le Goût ont flatté mon eſprit,
Mais l'Eſprit a touché mon ame,
Et de mon choix l'Amour qui s'applaudit ;
Aprouve ma nouvelle flame.

(En ſe tournant vers l'Eſprit à qui elle tend la main.)

Confondons, cher Amant, à jamais nos deſirs,
Coulons des jours ſereins au milieu des plaiſirs.

L'ESPRIT, *en ſe jettant aux piés de la Raiſon.*

Eſtre aimé de l'Objet qu'on aime,
Pour un cœur vraiment amoureux,
C'eſt être au ſein du Bonheur même ;
Il ne voit que le bien ſuprême
Dans le ſort qui le rend heureux.

SCENE VIII.

LE TEMPS, LE GÉNIE, LA RAISON, LE MÉRITE, LE GOUST, L'ESPRIT, LES GRACES.

(*Les Graces entrent.*)

L'ESPRIT.

Venez ici Graces aimables;
L'Esprit à la Raison, s'attache pour jamais,
Tout est soumis, à ses loix adorables,
Venez encor embellir ses attraits.
(*En se tournant vers la Raison.*)
L'Esprit vous présente les Graces,
Elles marcheront sur vos traces,
De les voir avec vous, votre Amant est flatté,
L'Amour en fit jadis, présent à la Beauté.
(*Les Graces se rangent auprès de la Raison.*)
LE ME'RITE.

Des cœurs au-dessus du vulgaire
Ne doivent point être jaloux,
Raison, vous avez sçû nous plaire
Nous ne pouvons être sans vous,
Et de l'Esprit, le feu qui nous éclaire,
Brûle à jamais pour nous.

LE TEMPS.

Què vois-je ici! l'Amour & la Fortune,
Viennent ici porter leurs pas,

SCENE IX. & DERNIERE.

Les trois GRACES, la fuite de L'ESPRIT,
L'AMOUR, LA FORTUNE, LE GÉNIE, LE
TEMPS, LA RAISON, L'ESPRIT, LE
GOUST, LE MÉRITE, fuite de L'AMOUR,
fuite de la FORTUNE, qui forment un Ballet,
un Chanteur & une Chanteufe en duo, ou un
Chanteur feul.

L'AMOUR, *en regardant l'Efprit.*

AVec l'Efprit ma grandeur eft commune,
Raifon, ne vous offenfez pas,
Je ne fuis point, cet Enfant de la Terre,
Qui n'aime que la Volupté;
Né comme vous, au féjour du tonnerre,
Je fuis le Dieu, de la Sincerité :
A l'autre Amour, je fais la guerre,
Et le bonheur du monde, eft ma felicité.
Avec l'Hymen, je me reconcilie,
Et pour jamais, à l'Efprit je vous lie,
Je répandrai fur vous, des charmes précieux,

La Fortune & l'Amour, ont quelquefois des yeux.

LA FORTUNE *Richement vétuë.*

Depuis long-tems, par le hazard conduite,
Sans choix j'ai prodigué, mes plus rares bienfaits ;
Aujourd'hui, la Raison m'invite,
A réparer, tous les maux que j'ai faits.
A donner avec goût ma gloire intéressée
Va combler tous les vœux
Je serai bien récompensée,
Si mes dons vous rendent heureux.
Ainsi, la Fortune éclairée,
De même qu'au siécle d'Astrée,
Par la Raison se conduit désormais
Et ne veut la quitter jamais.

Vous qui formez ma suite, ombres de ma puissance ;
Plaisirs, faveurs, travaux, hazard, reconnoissance ;
Aux accens de l'Amour unissez vos concerts,
Allez, de mes desseins, instruire l'Univers.

(*Deux Chanteurs en Duo, ou un Chanteur seul.*)

Les beaux jours vont couler dans une paix profonde ;
Si l'on voit s'unir, en ce jour,
La Fortune à l'Esprit, la Raison à l'Amour,
Pour le bonheur du Monde.

(*Ballet formé de la suite de l'Amour & de celle
de la Fortune.*)

VAUDEVILLE.

PHILIS encore jeune & belle,
A son Amant est infidelle,
C'est l'usage qui la conduit,
Elle en fait son devoir suprême;
C'est la Raison même,
Mais ne jamais faire crédit,
Voilà l'Esprit.

AIMER l'Amant tendre & fidéle,
Et de retour payer son zéle,
De ces soins l'Amour s'applaudit,
C'est la Raison même,
Ne pas faire savoir qu'on aime,
Et jouer son Rolle sans bruit,
Voilà l'Esprit.

L'AURORE arrosoit de ses pleurs
Les jeunes & riantes Fleurs

Qu'Iris cueilloit pour ce qu'elle aime,
C'eſt la Raiſon même,
Mais auſſi-tôt l'Amour lui dit,
Ménagez-en bien le débit,
Voilà l'Eſprit.

(*Au Parterre ſans chanter.*)
LA RAISON.
LE Soleil par votre lumiére
Peut embellir notre horiſon;
C'eſt le Jugement du Parterre
Qui fait l'Eſprit & la Raiſon.

FIN

Permis d'Imprimer à la charge d'enregiftrement à la Chambre Syndicale, ce 11 Septembre 1754.

Signé, BERRYER.

Regiftré fur le Livre de la Communauté des Libraires & Imprimeurs de Paris, N°. 3636, conformément aux Réglemens, & notamment à l'Arrêt du Conseil du 10 Juillet 1745. A Paris le 2 Octobre 1754. HERISSANT.